불평등을 수거해 드립니다

불평등을 수거해 드립니다

지은이 김순정 김완수 윤형주 정광덕 정유진
그   림 모디

초판1쇄 발행 2023년 12월 15일
펴낸곳 논형
펴낸이 소재두

등록번호 제386-3200000251002003000019호
등록일자 2003년 3월 5일
주소 경기도 부천시 성주로 66 2동 806호
전화 02-887-3561 팩스 02-886-4600

ISBN 978-89-6357-986-3 03810
가격 13,000원

불평등을 수거해 드립니다

김순정 김완수 윤형주 정광덕 정유진   글
모디 그림

논형
NONHYUNG

불평등을 수거해 드립니다

여러분은 '성평등'에 대해 얼마나 알고 있나요? '성평등'은 성별과 관계없이 누구에게나 권리와 책임, 기회 등을 동등하게 주는 것을 말해요.

어쩌면 여러분이 이해하기에 어려운 문제일 수도 있어요. 그렇다고 이 중요한 문제를 그냥 모른 체할 수는 없잖아요? 그래서 **평꿈동(평등을 꿈꾸는 동화)** 해결사들이 한자리에 모였어요.

다섯 빛깔의 재미있는 동화를 통해, **평꿈동**은 '성평등'한 세상을 꿈꾸고 있답니다.

「남자라서 억울해」는 남자라서 늘 억울하다고 생각하는 주인공 '웅'이의 이야기예요. 웅이는 선생님이 힘든 일은 남자만 시키고, 같은 잘못을 저질러도 남자만 혼낸다고 생각하지요. 아빠는 '쏴나이 안웅!'이라고 부르면서 남자다움을 강조하고, '엄마'와 '유리 이모'는 실수나 잘못을 저지를 때마다 '남자라서 그렇다!'라고 말을 해요. 웅이는 그런 어른들의 생각을 이해할 수 없어요. '여자라서, 남자라서'라는 고정관념이 사라지고, 나답게 사는 세상이 오면 좋겠어요.

「내 이름은 깜상」은 우여곡절 끝에 학교 축구부에 들어간 주인공의 통쾌한 활약상을 다루고 있어요. 성 역할의 고정관념에 젖은 선수들의 삐딱한 눈길을 돌파하며, 그 편견의 공을 뻥뻥 찬다는 내용이지요. 얼굴이 까매서 '깜상'이라는 별명으로 불리는 일이 처음엔 못마땅했어요. 하지만, 경계 없는 성 역할을 자각하면서 차별적 별명에 대해서도 자부심을 가져요. 여러분은 깜상처럼 학교 안팎에서 성차별의 수비벽에 막힌 적은 없나요? 있다면 어떤 방식으로 깨뜨리려 했는지 들어 보고 싶어요. 깨뜨리지 못했어도 그 시도만으로 여러분은 모두 깜상이에요.

「아빠는 주부 백 단 가수왕!」은 직업에 대한 편견을 담고 있어요. 호겸이네 아빠는 전업주부예요. 아빠가 전업주부라고 하면 삐딱한 시선으로 보는 경우가 많아요. 하지만 호겸이처럼 아빠가 전업주부일 때 장단점을 떠올려 보면 어떨까요? 아빠가 엄마보다 요리를 잘하고, 집안일을 잘한다면 아빠의 선택을 인정해 줘야 하지 않을까요? 노래자랑 무대에 앞치마를 두르고 프라이팬을 들고나온 아빠의 당당한 모습에 박수를 보내고 싶어요. 직업은 남자, 여자가 아닌 그 일을 잘하는 사람이 선택하면 되니까요.

「용감한 오!기사」는 버스 기사가 된 엄마의 당당한 모습과 그것을 바라보는 아이의 시선을 그렸어요. 버스 기사가 된 엄마는 여자라는 이유로 불편한 시선과 가족들의 반대에 부딪히게 돼요. 또 그런 엄마를 응원하던 아이 역시 생각이 바뀌어 다른 엄마들과 비교하고, 창피하다고 생각하게 되는데요. 여러분은 다른 사람의 이야기에 내 생각이 바뀐 적은 없나요? 아직도 여자가 하는 일과 남자가 하는 일을 나도 모르게 구분 짓고 있지는 않나요? 동화 속 '봄'이를 보며 나에게 남아 있는 차별을 불평등 수거함에 넣어 보세요.

「수영 선수 에리얼」은 남녀의 역할과 능력에 대한 이야기를 담고 있어요. 에리얼은 인어공주지만 온갖 역경을 이겨 내고 인간이 되어서 에릭 왕자와 결혼했어요. 하지만 행복할 것만 같았던 결혼 생활이 살림과 독박 육아로 지쳐갔지요. 그러던 중 바다수영대회 광고를

불평등을 수거해 드립니다

보고 참여하기로 결심해요. 여자가 무슨 수영이냐는 편견을 이기고 에리얼은 일등을 하고, 세계바다수영대회에도 초대되죠. 자기가 좋아하는 일, 잘할 수 있는 일을 하는 것은 행복한 일이에요. 혹시, 여자라서 남자라서 주저하고 있는 일이 있나요? 에리얼처럼 한번 도전해 보세요.

　　다섯 빛깔 이야기가 담고 있는 평등한 세상이 여러분에게 잘 전달되었나요? 고정관념, 차별 등 불평등한 것들은 마음속에 담아두지 마세요. 모두 가지고 나오세요. 그리고 불평등 수거함에 담아주세요. 그러면 평꿈동 해결사들이 깨끗이 수거해 드릴게요.

2023. 12.

평등을 꿈꾸는 동화

목차

불평등을 수거해 드립니다

는 뿐 공주?

공주병 환자겠지.

너 자꾸 잘난 체하는거

재수 없거든?

앞으로 ㅈ,

를 살아는 ㅇ

최유리, 나

실버노스

그치만…

지우개눈

얼마나

그건더

● 읽기 전에 생각해 볼 거리

1. 서로 다른 성별로 살아 보고 싶을 때가 있었나요?

2. 여자가 보는 남자의 불편, 남자가 보는 여자의 불편은

   무엇일까요?

남자라서 억울해

남자라서 억울해

불평등을 수거해 드립니다

불평등을 수거해 드립니다

"아이 씨, 누~, 누구야?"

나도 모르게 벌떡 일어나서 뒤를 보았다. 5교시는 늘 졸리다. 어쩔 수 없다. 아주 잠깐, 깜빡 졸았다. 뒤통수에 뭔가가 맞았다. 바닥에 떨어진 것은 지우개였다. 유리 짓일 것이다. 여시콩새처럼 또 봤나 보다. 뒤를 돌아보니 유리가 샐쭉거리며 웃고 있었다.

눈치 챈 반 아이들이 와하하 웃음을 터뜨렸다. 머쓱해진 나는 뒤통수를 긁적이다가 선생님과 눈이 마주쳤다. 선생님이 고개를 약간 숙인 채 눈을 치켜떴다. 우리 엄마가 나를 혼내기 전에 짓는 표정이다.

"안! 웅! 너, 또 졸았지? 너는 어째 5교시마다 그러냐?"

선생님이 짐짓 엄한 목소리로 꾸짖으셨다. 물론 수업시간에 존 것은 내 잘못이다. 하지만 유리가 지우개를 던진 걸 빤히 알면서도 나한테만 뭐라고 하셨다.

"선생님! 그런데요, 유리가 저한테 지우개 던졌거든요?"

참다못한 내가 불퉁거렸다.

"그래? 웅이 깨우려고 그랬고만. 웅이, 유리 덕분에 이제 잠 깼지? 그럼 됐어. 다시 책 보자."

'헐, 그럼, 선생님은 유리가 잘했다는 말씀? 친구에게 지우개를 던졌는데?'

하마터면 속에 있는 말이 튀어나올 뻔했다. 선생님은 늘 유리 편

이다. 아니 여자애들 편이다. 아마 남자애들이 던졌으면 한 소리 했
을 것이다. 남자애들은 그게 늘 불만이다.

불평등을 수거해 드립니다

유리는 자기가 무슨 공주라도 되는 줄 안다. 유리네 엄마도 말끝을 엿가락처럼 주욱 늘여서 '유리 고옹쥬'라고 부른다. 그러면 유리는 눈을 가느다랗게 뜨고 새침하게 웃곤 한다.

유리 엄마하고 우리 엄마는 친구다. 그것도 이십 년 단짝. 우리는 태어날 때부터 같은 아파트에 살았다. 아기 때부터 어디든 같이 다녔다. 내 앨범을 보면, 유리와 내가 같이 찍은 사진으로 채워져 있다. 아마 유리 앨범도 마찬가지일 것이다. 마치 가족사진처럼. 그래서 나도 유리 엄마를 '유리 이모'라고 부른다. 나보다 겨우 두 달 생일이 빠른 유리는 자기가 친누나라도 되는 줄 안다. 내가 가는 곳마다 따라다니면서 시시콜콜 간섭한다.

내 이름은 '안 웅'이다. 한자로 '수컷 웅'을 쓴다. 아빠는 내가 엄마 뱃속에 있을 때, 남자란 걸 안 순간 이름을 미리 지어 놓으셨다고 했다. 아빠는 말끝마다, 혀끝에 잔뜩 힘을 주고 '멋진 쏴나이, 안 웅!'을 후렴구처럼 붙인다. 난 이 말을 들을 때마다 부담스럽다.

그런데 현실 속 내 별명은 '웅녀'이다. 이 별명이 정말 싫지만, 오늘처럼 남자라서 차별받을 때는 차라리 웅녀였으면 좋겠다.

선생님 목소리가 파리처럼 앵앵거리며 한쪽 귀로 빠져나갔다. 아까 맞은 뒤통수를 만져보았다. 혹이 난 것 같았다. 혹이 점점 커져서 '펑' 터지는 상상을 하다가 고개를 돌려 유리를 흘겨보았다. 유리는 아주 신이 났다. 선생님이 말씀하실 때마다 고개를 크게 끄덕거린다. 선생님은 유리의 저런 모습에 속고 있는 것이다.

'아유, 저걸 그냥. 어떻게 골탕 먹이지?'

오늘 골탕을 먹이지 않으면 밤에 잠이 올 것 같지 않다. 머리 쓰는 걸 좋아하지 않지만, 오늘은 다르다.

유리는 뽁뾱이 비닐 같은 친구들이 에워싸고 있다. 게다가 내 눈에는 유리가 아주 밉상인데, 짝꿍 민석이 눈에는 하트가 그려진다. 웬만해선 기회를 찾을 수 없으니 차근차근 생각해 보기로 했다.

첫째, 6교시는 체육 시간이다. 모두 운동장에 나간다.

둘째, 체육 시간에 피구를 한다. 유리를 집중 공격할까? 너무 티가 난다. 결국 나만 또 혼날 것 같다.

셋째, 셋째, 음…, 그렇지. 체육 시간에 유리 실내화를 감추는 거다. 운동장에서 수업할 때는 신주머니를 조회대에 둔다. 절호의 기회다.

노트엔 '체육시간, 피구, 실내화, 크크크'가 어지럽게 적혀 있었다. '실내화'에 큼직하게 동그라미를 쳤다. 웃음소리가 새어 나왔는지 민석이가 힐끗 보았다. 얼른 노트를 찢어 주머니에 넣었다.

드디어 쉬는 시간이 되었다. 증거가 될 만한 것은 모두 없애야 한다. 뜯어낸 종이는 짝짝 찢어 화장실에 버리고 나왔다. 아이들이 우르르 계단으로 향했다. 복도 끝에 신주머니를 달랑거리며 내려가는 유리도 보였다. 유리의 분홍색 신주머니에는 신데렐라가 그려져 있다. 누가 공주병 환자 아니랄까 봐.

나는 어슬렁거리며 그 뒤를 따라갔다. 유리는 뿍뿍이 친구들과 신주머니를 조회대 위에 올려놓고, 말꼬랑지처럼 묶은 머리를 찰랑거리며 운동장으로 걸어갔다. 팔짱을 끼고 호들갑을 떨며 걷느라 뒤를 돌아보지 않았다. 주위를 둘러보았다. 조회대 근처에서 놀던 아이들도 교실로 들어가고 없었다.

나는 얼른 유리의 실내화 한 짝을 꺼내 근처 화단으로 슬쩍 던졌다. 심장이 쿵쾅거렸다. 하지만 실내화를 찾으며 허둥댈 유리를 생각

하니 입꼬리가 저절로 올라갔다.

체육 전담 선생님은 피구 전에 항상 버피 테스트를 시키셨다.

"자, 지금부터 몸풀기 버피 테스트 실시! 남자 열다섯 개, 여자 열 개!"

"에이 선생님, 그런 게 어딨어요? 왜 남자만 많이 해야 하는데요?"

덩치가 큰 기훈이가 따지듯 물었다. 하지만 남자애들이 아무리 볼멘소리를 해도 선생님께는 안 통했다. 요즘엔 여자애들이 힘도 더 세고, 키도 더 크다. 그런데 힘든 건 꼭 남자애들에게만 시켰다.

얼마 전에 배운 '성평등'이란 단어가 입에서 맴돌았지만 참기로 했다. 오늘은 선생님 눈에 띄면 안 되니까.

유리는 피구하는 내내 폴짝폴짝 잘도 피해 다녔다. 유리를 좋아하는 짝꿍 민석이가 흑기사라도 된 듯 유리에게 날아오는 공을 제 몸으로 막아내고 죽었다. 유리에게 제일 두꺼운 뽁뽁이 비닐이다.

수업이 끝나자 가슴은 다시 콩닥거렸다. 유리 무리가 신주머니를 찾아 들고 현관 쪽으로 걸어가는 게 보였다. 나는 멀찍이 떨어져서 따라갔다.

현관에 도착하니 뽁뽁이 친구들이 유리를 에워싸고 소란을 떨고 있었다.

"어, 어디 갔지? 내 실내화 한 짝이 없어."

유리의 목소리가 파르르 떨렸다. 나는 입이 귀밑까지 찢어질까 봐 살짝 내 입꼬리를 잡았다.

"뭐? 실내화가 없어?"

"진짜 없어. 이상하다? 분명히 여기다 잘 넣었단 말야. 도대체 누구야?"

유리는 실내화 주머니를 흔들며 주위를 둘러보았다.

"유리야, 조회대로 다시 가 보자."

화장실도 같이 다니는 유리 무리가 조회대로 뛰어갔다.

"크크크, 나이스!"

나는 터져 나오는 웃음을 참으며 교실에 들어왔다.

교실에 들어오니 '오늘의 알림'이 화면에 띄워져 있었다. 제일 밑에는 굵은 글씨로 "친구를 괴롭히지 맙시다!"라고 쓰여 있었다. 나를 동생 취급하며 괴롭히는 유리가 저 글을 읽고 뭔가 깨달았으면 좋겠다는 생각이 들었다. 알림장에 마지막 줄을 쓰고 있을 때 유리가 들어왔다. 얼굴이 발갛게 달아오른 유리는 곧장 선생님 앞으로 갔다.

"선생님, 누가 제 실내화를 버렸어요."

유리의 목소리가 날카롭게 내 귀를 찔렀다.

"뭐? 지금 신고 있는 건 뭐고? 좀 자세히 설명해 볼래?"

선생님이 유리의 발을 쳐다보시며 말씀하셨다.

"화단에서 찾았어요. 근데 누가 일부러 버린 것 같아요."

유리는 고개를 돌려 나를 째려봤다. 나는 당황해서 선생님이 묻지도 않았는데 변명꾸러미를 찾았다.

　　"저~, 저~ 아니에요, 선생님."

　　이 말이 오히려 선생님의 의심을 샀나 보다.

　　"웅이, 이리 나와 봐."

　　나는 쭈뼛거리며 선생님 앞으로 나갔다.

　　"제가 분명히 신주머니에 실내화를 넣고 조회대 위에 뒀거든요. 그런데 수업이 끝나고 보니 실내화 한 짝이 없는 거예요. 그래서 조회대로 다시 갔는데 화단에 버려져 있었어요. 누군가 일부러 버리지 않았다면 그럴 리 없잖아요. 실내화에 발이 달린 것도 아니고요."

　　조목조목 따지는 것이 꼭 잔소리 대장 우리 엄마 같다. 유리는 말하는 사이사이에 나를 흘겨보았다. 나 말고는 자신의 실내화를 버릴 사람이 없다는 게 유리의 주장이었다. 선생님도 유리의 말을 믿는 눈치였다.

　　"웅이, 사실대로 말해 봐. 너야? 사실대로 말하지 않으면 선생님은 더 화가 날 것 같은데? 자기 잘못을 솔직하게 인정하는 것도 용기 있는 행동이라는 거 알지? 자, 웅이 말해 봐."

　　아, 나는 왜 이렇게 바보 같을까? 이렇게 쉽게 걸릴 줄 몰랐다. 골탕 먹이려는 생각에 집중하다 보니 뒤에 벌어질 일은 생각하지 못했다. 결국 고개를 끄덕이고 말았다. 선생님이 한숨을 푹 내쉬었다.

"안 웅! 왜 그랬어? 너희들은 어째 늘 티격태격 하냐? 웅이는 어서 유리에게 사과해. 그리고 내일까지 사과 편지 써서 나한테 검사 맡고 유리에게 전달하고. 그리고 유리는 사과 편지 받으면 용서해 주고. 알았지?"

나에게 변명할 기회도 주지 않고 선생님이 하고 싶은 말만 하셨다.

"네, 알겠어요."

유리는 큰 인심이나 쓰듯이 대답했다. 실내화를 숨긴 것이 후회스러웠다. 유리는 나를 보더니 한심하다는 표정을 지었다. 그러더니 콧방귀를 날리며 자기 자리로 돌아갔다.

장난 좀 친 것 가지고 선생님께 고자질 하다니. 하여간 여자애들이란.

영어 학원과 태권도 학원을 거쳐 집에 돌아왔다. 다행히 집에는 엄마가 없었다.

이 사실을 알게 되면 엄마와 유리 이모는 또 낄낄거리며 통화할 것이다. 유리 이모는 그렇다 치고 엄마는 왜 내 흉을 보면서 웃는지 모르겠다. 내가 혼나는 게 고소한가? 어떨 땐 친엄마가 아닐지도 모른다는 생각이 든다. 하지만 통화가 끝나고 나면 엄마는 늘 가자미눈으로 나를 째려본 후 '내가 못 살아, 정말!'이라는 말을 주문처럼 외운다.

엄마가 없을 때 얼른 사과 편지를 써야 한다. 안 그러면 엄마는 또 옆에서 콩콩 참견할 것이다.

최유리, 나 안웅.
실내화 숨긴 거 미안해.

그치만...
네가 먼저 지우개를 던졌잖아.

얼마나 창피했는 줄 아냐?
그런데 왜 나만 사과 편지를 써야 하냐?
이건 말도 안 돼.
….

쓰다 보니 더 억울했다. 더 이상 쓸 말이 떠오르지 않았다. 이 편지를 선생님께 보여 드리면 '진심이 느껴지지 않네, 이건 사과 편지가 아니네, …'라면서 다시 써오라고 할 것 같았다. 결국 위에 쓴 두 줄을 남겨 두고 다 지웠다. 지워진 글자가 희미하게 보였지만 내버려 두었다. 아무리 생각을 쥐어짜도 쓸 말이 떠오르지 않았다.

이건 뭐 공주?
공주병 환자겠지.
너 자꾸 잘난체하는거
재수없거든?
앞으로 지,
를 잘아는ㄴ

이거 봤다며?

최유리, 나
실내화나 숨
기지만……
지우개는
얼마나
그런데

'아, 정말 누가 나 대신 써 주면 좋겠다.'

편지지를 노려보았다. 사과 편지가 아니라 반성문처럼 느껴졌다. 그때 유리를 놀릴 기가 막힌 생각이 떠올랐다. 다른 편지지를 한 장 더 꺼냈다. 이번에는 협박 편지를 썼다. 최대한 글씨를 또박또박 썼다. 내 글씨체와는 전혀 다르게.

야, 최유리!
너 별명이 유리 공주라며?
공주는 무슨 공주? 공주병 환자겠지.
너 자꾸 잘난 체하는 거 재수 없거든?
앞으로 조심해.
                    너를 잘 아는 어떤 언니가.

흐흐흐, 나도 모르게 웃음이 나왔다. 유리에게 쓴 두 장의 편지를 각각의 봉투에 넣어 입구를 풀로 붙였다.

다음날 학교에 도착하니 선생님이 유리와 나를 부르셨다. 나는 편지를 들고 선생님 앞으로 갔다. 봉투에 풀칠이 되어 있는 것을 보시곤 선생님은 피식 웃으시며 유리에게 건네주라고 하셨다. 다행이다. 역시 난 천재다. 유리는 봉투를 낚아채듯 받아 들고 자기 자리로 돌아갔다. 나도 내 자리로 당당하게 돌아와 앉았다.

협박 편지는 같이 다니는 영어학원에서 슬쩍 유리 가방에 넣을 생각이다. 가방 속에 협박편지가 잘 있는지 확인할 때였다. 갑자기 유리가 울면서 선생님 앞으로 나갔다. 유리 손에는 구겨진 편지지가 들려있었다. 선생님은 구겨진 편지지를 받아 들고 화난 목소리로 나를 불렀다.

"안 웅, 이리 나와 봐."

나는 마리오네트 인형처럼 선생님 앞으로 딸려 나갔다. 선생님이 유리의 구겨진 편지지를 내 앞에 내밀었다.

'헛, 저, 저게 왜?'

협박 편지였다. 난 왜 이 모양인지 모르겠다. 뭐 하나 제대로 하는 게 없다. 유리가 나를 따라다니며 잔소리를 할 만하다. 유리는 훌쩍훌쩍 울고 선생님의 목소리는 천둥소리처럼 울렸다. 아이들은 영문을 몰라 선생님 눈치를 보며 웅성대고 있었다. 선생님 말씀이 하나도 귀에 들어오지 않았다.

"야, 협박 편지에 뭐라고 썼냐?"

"대박, 웅이 선수, 오늘도 유리 선수에게 지고 말았습니다."

나는 하루 종일 아이들이 놀리는 소리를 들어야 했다. 노트에 유리라는 이름을 쓰고 그 위를 마구마구 까맣게 덧칠했다. 지금 내 마음에 낀 먹구름처럼.

유리는 하루 종일 한 번도 웃지 않았다. 앵무새 같던 유리의 입이 조개처럼 닫혀있었다. 뽁뽁이 친구들이 유리를 에워싸고 달랬지만 소용이 없었다.

유리는 포도송이에 꼬이는 날파리처럼 언제나 내 주변을 맴돌았다. 지우개 사건만 해도 그렇다. 나는 그게 참 귀찮았다. 유리가 누나처럼 구는 것도, 뭐든 잘하는 유리와 늘 비교당하는 것도.

엄마가 푸념할 때마다 유리 이모는 '남자애라서 그렇지 뭐.'라며 나를 두둔했다. 하지만 그럴 때마다 '남자애가 뭐? 나는 그냥 난데!'라는 생각이 들었다. 남자애가 어떻고 여자애가 어떻고 나누는 어른들이 이해되지 않았다.

유리는 여전히 풀이 죽은 채 고개를 푹 숙이고 있다. 아, 이런 찜찜한 감정은 정말 싫다.

마지막 수업 시간, 가방 속에 있는 사과 편지를 꺼내서 조심스럽게 뜯었다. 두 줄 밑에 지워진 글자가 희미하게 보였다. 그 부분을 지우개로 다시 깨끗하게 지웠다.

깨끗해진 자리에 협박 편지를 써서 미안하다고 또박또박 썼다. 그리고, 내 억울하고 속상한 마음도 솔직하게 썼다.

여섯 살 때 유리에게 '사랑해♡'라고 쓴 편지 이후로 처음일 것이다. 생각해 보니 나한테 어려운 일이 생길 때마다, 유리가 어디선가 나타나 해결해 주곤 했었다.

불명등을 수거해 드립니다

민석이가 나를 도끼눈으로 째려봤다.

짜식, 그래 봤자다!

어쩌면 유리는 나의 가장 두꺼운 뽁뽁이라는 걸, 민석이는 모른다. 호호호.

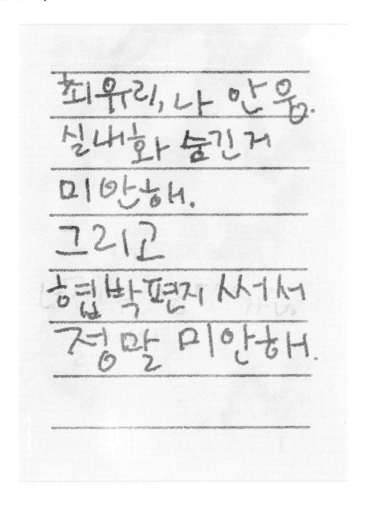

● 읽기 전에 생각해 볼 거리

1. 지금도 성평등에 어긋난 운동 경기가 있다고 생각하세요?

2. 상대가 남자든 여자든 얕봤다가 큰코다친 경험이 있을까요?

내 이름은 깜상

내 이름은 깜상

내 별명은 깜상이다. 얼굴이 까맣다고 친구들이 붙여준 별명이다. 나는 못하는 게 많아도 다른 친구들보다 잘하는 게 하나 있다. 그건 바로 달리기다. 어떤 친구들보다 빨리 달릴 자신이 있다. 그래서 친구들도 내가 가까이 있을 땐 별명을 가지고 함부로 놀리지 못한다. 내가 화나면 거리가 떨어져 있어도 곧 붙잡고 마니까.

가끔 나를 만만히 본 남자애는 내가 뛰는 모습을 보고 "검은콩 굴러간다!" 하며 놀린다. 그러면 나는 도저히 참지 못하고 무슨 일이 있어도 그 친구를 붙잡아 혼내주고 만다.

한번은 학교에 지각할 것 같아 뛰어가는데, 저만치 떨어진 곳에서 거슬리는 소리가 들렸다.

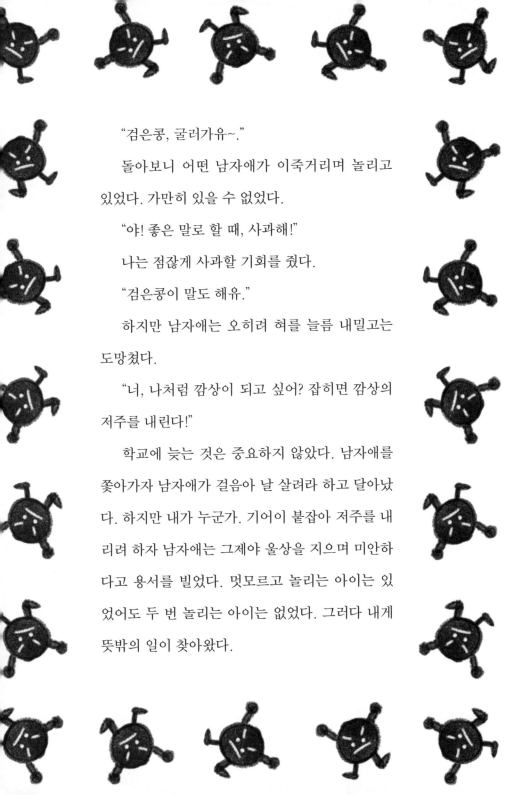

"검은콩, 굴러가유~."

돌아보니 어떤 남자애가 이죽거리며 놀리고 있었다. 가만히 있을 수 없었다.

"야! 좋은 말로 할 때, 사과해!"

나는 점잖게 사과할 기회를 줬다.

"검은콩이 말도 해유."

하지만 남자애는 오히려 혀를 늘름 내밀고는 도망쳤다.

"너, 나처럼 깜상이 되고 싶어? 잡히면 깜상의 저주를 내린다!"

학교에 늦는 것은 중요하지 않았다. 남자애를 쫓아가자 남자애가 걸음아 날 살려라 하고 달아났다. 하지만 내가 누군가. 기어이 붙잡아 저주를 내리려 하자 남자애는 그제야 울상을 지으며 미안하다고 용서를 빌었다. 멋모르고 놀리는 아이는 있었어도 두 번 놀리는 아이는 없었다. 그러다 내게 뜻밖의 일이 찾아왔다.

운동회가 있으면 그 주인공은 늘 나였다. 올가을에도 어김없이 운동회가 벌어졌다. 그래서 반에서 선수를 뽑는데, 아무도 나서려 하지 않았다. 나도 나서고 싶지 않아 조용히 고개만 숙이고 있었다. 그런데 왠지 모르게 따가운 눈길이 느껴졌다. 고개를 들어보니 담임 선생님과 친구들이 나를 바라보고 있었다. 순간 얼굴이 화끈거렸다. 잘못한 것도 없는데, 죄인이 된 듯한 기분이었다. 그때 선생님이 내 이름을 불렀다.

"깜상, 아니 소미야, 미안하지만 이번 운동회 때도 네가 실력 발휘 좀 해줘야겠다. 너밖에 믿을 사람이 없잖니?"

선생님이 따뜻하게 말했지만, 그 말은 명령에 가까웠다. 도무지 빠져나갈 길이 없었다. 학년이 바뀌고, 학기가 바뀌어도 운동회 때만 되면, 선수로 뛰어야 할 팔자였다. 올가을 운동회 때도 축구, 발야구, 백 미터 달리기, 계주에 모두 뛸 생각을 하니 숨이 가빴다. 하지만 선생님과 친구들의 기대를 저버릴 수 없었다. 나는 결국 "네." 하고 대답했다.

"깜상아! 아니 소미야! 패스!"

"깜상! 나한테 주라니까!"

축구 경기는 쉽지 않았다. 내가 공을 갖기만 하면 남자애들이 서로 공을 달라고 아우성이었다. 공을 달라는 것은 좋은데, 내 별명을 부르는 것은 참을 수 없었다. 하지만 그렇다고 경기 중에 아이들을 혼내줄 순 없었다. 아이들은 내 속도 모르고 공을 달라고 보챘다. 자존심이 상했다. 차라리 나 혼자 하고 싶었다. 내가 공을 몰며, 골문으로 차 넣고 싶었다. 상대 팀 골문 앞으로 무조건 뛰었다. 상대 팀 수비수들이 많으면 골문을 향해 공을 뻥 찼다. 그런데 이상했다. 내가 공을 갖는 시간이 많아질수록 남자애들의 목소리가 작아졌다. 요구나 불만 대신 여기저기서 탄성이 터졌다.

축구와 발야구에서는 우승하지 못했다. 그러나 다행히 내가 자신 있는 백 미터 달리기와 계주에선 우리 반이 우승해 체면을 세울 수 있었다. 내가 가을 운동회 때도 대활약을 하자 친구들의 대접이 달라졌다. 봄 운동회 때만 해도 내가 운 좋게 잘한 줄로만 알고 별명을 부르며 놀리던 친구들이 이젠 내 앞에서 고양이 앞의 쥐처럼 고분고분해졌다. 그런데 내 앞엔 더 큰 변화가 기다리고 있었다.

여느 날처럼 수업을 마치고 가벼운 발걸음으로 교실을 나서는데, 어떤 아저씨가 내 앞을 가로막고 있었다. 나처럼 까만 얼굴에 운동복을 입은 아저씨가 장승처럼 선 채 나를 빤히 쳐다봤다. 아저씨는 나를 아래위로 훑어보는가 싶더니 별명을 부르며 내게 말을 걸었다.

"네가 깜상이지?"

싫었지만, 나도 모르게 고개를 끄덕였다.

"녀석, 참 야무지게 생겼네."

나는 아저씨가 무슨 말을 하는지 몰랐다.

"나는 축구부 코친데, 네가 운동회 때 축구 하는 걸 봤다. 참 잘 뛰고 잘 차더구나. 혹시 축구 해 볼 생각 없니?"

그제야 아저씨의 정체를 알 수 있었다. 하지만 축구라는 얘기에 말문이 막혔다. 우리 학교에 축구부가 있다는 것은 알고 있었지만, 여자인 내게 남자애들만 우글거리는 축구를 하라 해서 어이없었다.

"아, 네가 여자여서 망설이는가 보구나? 사실 축구는 남자만 하는 게 아냐. 우리나라 여자 축구 선수들도 얼마나 많은데. 너, 축구가 뭔지는 알지?"

코치님이 나를 무시해 기분 나빴다. 아무리 축구를 잘 안 해도 손흥민을 좋아해 축구는 가끔 보고 있었다. 내가 힘차게 고개를 끄덕이자 코치님 얼굴이 밝아졌다.

"하긴 내 말 듣고 당황스러웠을 거다. 네가 운동신경이 있어 보여서 그런 거니까 오해하지 마. 집에 가서 부모님한테 잘 말씀드려 보고 부모님이 허락하시면 축구부 합숙실로 오거라."

코치님은 부모님께 보여 드리라면서 명함을 주셨다. 명함을 보니 축구부 코치가 맞았다. 어른이 내 실력을 인정해 줬다는 사실에 기분 좋았다. 남자애들 속에서 뛰어 보는 것도 괜찮은 일 같았다.

부모님께 코치님의 명함을 보여주며 축구 해 보라는 제의를 받았다고 말씀드렸다. 명함을 보시던 부모님 얼굴이 심각해졌다.

"공부를 더 해도 모자랄 판에 계집애가 무슨 축구야!"

엄마가 공부 얘기를 하자 기분이 우울했다. 아빠가 엄마 눈치를 봤다.

"아빠도 축구를 좋아하지만, 운동장에서 매일 축구를 하면 얼굴이며 피부며 더 까매질 텐데, 어쩌려고 그래?"

그런데 아빠 말이 끝나기가 무섭게 엄마가 아빠에게 눈을 흘겼다.

"축구 할 시간이 있으면 차라리 공부하라고 해야지 당신은 아빠가 돼 가지고 남 얘기 하듯이 해요?"

"요즘은 애들 소질이 있고 적성에 맞으면 일찍부터 연예인으로도 키우고 운동선수로도 키우는 시대잖아요. 아, 몸도 건강해지고 키도 더 클 수 있으니 얼마나 좋아요."

하지만 아빠 목소리는 곧 엄마 목소리에 묻혔다.

"그래도 운동은 안 돼요. 아직 초등학생이고 여자앤데, 무슨 축구람! 소미, 너는 축구가 얼마나 거칠고 힘든 운동인 줄 알아?"

나는 엄마 말에 주눅이 들었다.

"아, 그야 하다 보면 스스로 깨닫는 거지, 벌써부터 애 기죽일 필요는 없잖아요. 소미, 너는 정말 축구 하고 싶니?"

아빠가 내 편을 들어 주는 것 같아 힘이 났다. 하지만 엄마 목소리는 더 커졌다.

"그러다 다치기라도 하면 어쩌려고요? 아무리 달리기를 잘한다고 해도 축구가 어디 달리기랑 같아요? 코치라는 사람은 멀쩡한 아이를 꼬드기기나 하고. 안 되겠다. 엄마가 전화해서 좀 따져야겠다."

엄마가 명함을 손에 쥐고 코치님께 전화하려 하자 아빠가 놀라며 엄마를 말렸다.

"참, 당신도. 코치는 애가 소질이 있을 것 같아서 좋은 뜻으로 말한 거잖아요. 일단 소미 의사를 존중해 줍시다. 혹시 알아요? 나중에 지소연 같은 훌륭한 국가 대표 선수가 될지."

"우리나라에서 어디 남자 선수와 여자 선수 대접이 같아요? 저도 손흥민 같은 아들 있으면 축구 선수로 키우고 싶죠. 계집애는 계집애답게 키워야 한다고요!"

엄마는 꼭 손흥민을 손홍민이라고 했다. 엄마, 아빠의 의견 차는

좁혀지지 않았다. 점점 갑갑하고 피곤했다. 그때 내게 좋은 생각이 떠올랐다. 그래서 중요한 선언이라도 하듯 부모님 얼굴을 똑바로 쳐다보고 말을 꺼냈다.

"그러면요. 제가 축구부 선수들 가운데 가장 빠른 선수와 달리기 시합해서 지면 축구 안 하고, 이기면 축구 할게요. 허락해 주시는 거죠?"

부모님은 내 말을 듣자 서로 얼굴을 쳐다봤다. 아빠가 엄마에게 눈짓으로 무슨 신호를 보낸 것 같기도 했다. 드디어 엄마가 입을 열며 내 제안을 받아들였다.

"좋아, 대신 네 말에 책임을 지는 거다?"

"그야 당연하죠!"

나는 축구 선수가 된 것처럼 기뻤다. 이제 달리기 실력만 제대로 보여주면 되는 일이었다.

축구부 합숙실로 가서 코치님을 찾았다. 코치님은 선수들에게 작전을 가르치고 있었다. 나를 본 코치님이 선수들에게 휴식 시간을 주고 내게 왔다. 내 뜻을 전하자 코치님 얼굴이 환해졌다.

"영철아, 잠깐 이리 와 봐라!"

코치님이 이름을 부르자 보기에도 날렵하게 생긴 남학생이 앞으로 뛰어왔다.

"영철이 너도 들어서 알겠지만, 학교에서 달리기 잘하기로 소문 난 여학생이란다. 여자이고 동생이라고 해서 봐 주지 말고 백 미터 달리기 시합 제대로 한 번 해 봐라. 알았지?"

코치님의 당부를 들은 오빠가 열중쉬어 자세를 취하며 "네!" 하고 씩씩하게 대답했다. 오빠가 내 몸을 훑어보았다. 기분이 나빴지만, 그만큼 오기가 생겼다.

오빠와 함께 백 미터 달리기 출발선에 섰다. 백 미터가 끝나는 지 점에서 코치님이 깃발을 힘차게 내렸다. 나는 있는 힘껏 달렸다. 어 느새 레인의 끝이 보였다. 뒤에서 쿵쿵거리는 발소리와 헉헉거리는 숨소리가 들릴 뿐 내 앞에는 아무도 보이지 않았다.

"자, 오늘은 새 선수가 들어왔으니 공을 서로 주고받는 연습을 해 보자."

코치님이 선수들을 빙 둘러보며 말했다. 우리는 서로 짝을 맞춰 거리를 두고 마주 섰다. 나도 동급생 남자애와 마주 섰다. 그런데 그 친구 표정이 떨떠름해 보였다. 처음에 나와 짝이 될 때부터 "치!" 하 며 실망하더니 나를 보고 비식비식 웃던 친구였다.

내 불길한 예감은 딱 들어맞았다. 내가 코치님 지시에 따라 친구 에게 공을 차 주자 친구는 옆으로 공을 세게 차 보냈다. 내가 도저히 공을 받을 수 없는 거리였다. 처음엔 실수로 그러는 줄 알았는데, 친

구는 매번 일부러 옆으로 공을 차 보냈다. 멀리까지 가서 공을 가져오느라 숨이 턱에 닿았다. 화가 났다.

"야! 너, 나 골탕 먹이려고 일부러 그러는 거지?"

내가 공을 가지고 돌아와 친구에게 소리쳤다.

"무슨 소리야? 자꾸 빗맞아서 그러는 건데."

친구는 표정 하나 안 바꾸고 거짓말했다. 도무지 말이 안 통할 것 같았다. 다른 선수들이 우리를 쳐다봤다. 코치님도 우리를 힐끗 돌아봤다. 약이 올랐지만, 이까짓 장난에 축구를 포기하고 싶지 않았다. 공을 더 멀리 차 보내 앙갚음하고 싶은 마음을 꾹 참았다. 친구가 짓궂게 굴수록 공을 정확히 차 줬다. 친구 표정이 변하기 시작했다. 얼굴에서 웃음기가 사라지고 있었다. 친구가 내게 공을 제대로 차 보냈다.

다음 날엔 드리블 연습이 있었다. 코치님은 콘(cone)들을 앞에 일정한 간격으로 세워 놓더니 공을 몰며 그 사이사이를 통과해 보라고 했다. 코치님이 먼저 시범을 보였다. 어찌나 멋졌는지 내 입에서 감탄사가 절로 나왔다. 선수들은 자신 있다는 듯 서로 시시덕거렸다. 코치님이 매서운 눈길로 주의를 주자 선수들이 잡담을 뚝 그쳤다. 드디어 내 차례가 돼 공을 가지고 앞에 섰다. 선수들이 보고 있다는 생각에 가슴이 두근거렸다. 호흡을 천천히 가다듬었다.

"출발 안 하고 뭐 하니? 호루라기 소리 안 들려?"

코치님 목소리에 정신이 번쩍 들었다. 다시 호루라기 소리가 들렸다. 나는 놀리고 달아나던 친구를 생각하며 출발선에서 뛰어나갔다. 공이 있었지만, 상관없었다. 공은 마치 나와 한 몸같이 느껴졌다. 공을 몰며, 콘들 사이사이를 잽싸게 빠져나갔다.

도착 지점이 눈에 들어왔다. 뒤에서 "와!" 하는 탄성 소리가 연달아 들렸다. 나를 보고 내지르는 소리였다. 나는 손흥민이라도 된 기분이었다.

우리는 며칠 뒤 운동장에서 두 팀으로 편을 짜 경기했다. 다행히 우리 팀에 나를 못마땅하게 생각하는 선수는 없었다. 지난번에 드리블 연습을 멋지게 해낸 뒤 누구도 나를 놀리거나 따돌리지 않았다.

경기에 최선을 다했다. 상대 팀 선수들과의 어깨싸움도 마다하지 않고 악착같이 뛰었다. 내가 공격수는 아니었지만, 우리 팀 선수들은 곧잘 내게도 패스를 해줬다. 선수들이 나를 동료로 인정한 것 같아 기분 좋았다. 나도 선수들이 가족처럼 느껴졌다.

상대 팀 공격은 번번이 내 수비에 막혔다. 상대 팀 공격수들이 나만 보면 한숨을 푹푹 내쉬었다. 하지만 우리 팀 공격수들은 펄펄 날았다. 그리고 드디어 선제골을 뽑아냈다. 내가 패스해 준 공을 영철이 오빠가 넣어 더 기뻤다. 축구가 재밌었다. 여자라고 안 될 건 없었다. 내 이름은 깜상이다.

● 읽기 전에 생각해 볼 거리

1. 남자 혹은 여자의 직업이 정해져 있을까요?

2. 직업을 선택할 때 고려해야 할 점은 무엇일까요?

아빠는 주부 백단 가수왕!

아빠는 주부 백 단 가수왕!

"호겸아, 아빠랑 시장 갈래?"

소파에 누워 핸드폰 게임을 하던 나는 아빠를 쳐다봤다. 아빠는 장바구니를 손에 들고 있었다.

"너 좋아하는 떡볶이 쏜다."

"진짜? 다른 말하기 없기다!"

아빠가 대답 대신 빨리 오라고 손짓했다. 나는 소파에서 벌떡 일어나 아빠를 따라나섰다.

나는 가끔 아빠랑 둘이서 시장에 간다. 시장에 가면 구경거리도 많지만, 포장마차에서 먹는 떡볶이 맛을 빼놓을 수 없다. 분식집에서 파는 떡볶이와는 차원이 다르다. 달짝지근하면서도 짭짤한 맛이 중

독성이 강하다.

　재래시장은 항상 붐볐다. 사고파는 사람들로 뒤엉켜 복작복작했다. 시장 입구에는 마을 축제 현수막도 걸렸다. 작년에 마을 축제에 갔었다. 알뜰시장도 열고, 노래자랑도 하고, 볼거리도, 먹거리도 풍성했다.

　채소 가게에서 파프리카랑 오이, 애호박을 사고, 건어물 가게에 들렀다. 진열대에는 건새우며 황태채, 북어포, 멸치, 진미채 등이 놓여 있었다. 아빠는 한쪽에 맛보라고 놓아둔 멸치를 하나 집었다. 그리고 요리조리 살피더니 입 안에 넣고 천천히 씹었다. 나도 따라 집어먹었다. 짭조름했다.

　"아주머니, 멸치 어떻게 해요?"

　"남자가 꼼꼼하고 눈썰미도 좋네. 요거 간장, 설탕 조금 넣고 기름에 달달 볶으면 밥 한 그릇 뚝딱이지. 한 상자에 이만삼천 원인데 이만 원만 줘요. 건새우랑 진미채도 좋은데."

　"그건 지난번에 산 게 조금 남았어요."

　"살림꾼이네! 하하하."

　아주머니는 검은 비닐봉지를 내밀며 아빠를 흘끔 쳐다보았다. 나는 아주머니의 눈빛이 마음에 들지 않았다. 그래서 양볼을 부풀리며 아빠 손을 잡아끌었다. 아빠는 알았다며 서둘러 계산을 했다.

　그때였다. 같은 반 민호가 엄마랑 가게 안으로 들어왔다. 민호는

아빠랑 나를 번갈아가며 힐끔힐끔 보았다. 그러더니 한쪽 입꼬리를 살짝 올리며 비웃었다. 옆에 있던 민호 엄마가 반갑게 인사했다.

"장 보러 오셨나 봐요? 호겸이 엄마는 안 오셨어요?"

민호 엄마가 아빠를 빤히 보며 물었다.

"와이프는 직장에 갔어요."

"아, 그렇군요. 자상도 하셔라. 대신 장도 다 봐 주시고."

"아닙니다. 그럼, 저희 먼저 가보겠습니다."

민호는 같은 아파트에 살아도 동이 달라 마주칠 때가 거의 없었다. 그런데 시장에서 보게 될 줄 몰랐다. 나와 아빠를 처다보던 민호의 눈빛이 계속 신경 쓰였다.

할머니가 넉넉하게 담은 떡볶이 접시를 건네주었다.

"맛있게 들어요."

"네. 감사합니다. 자 먹자."

할머니가 떡볶이를 국자로 저으면서 나랑 아빠를 처다보았다.

"아빠랑 아들이랑 붕어빵이네."

"하하. 그런가요?"

"애 엄마는 떼놓고 둘만 장 보러 나왔나 보네. 요즘은 시대가 변해서 그런가, 남자들이 장 보러 많이 오더라고. 우리 때는 부엌에도 얼씬 못하게 했는데 말이야. 후후후."

　오늘따라 떡볶이 맛이 별로였다. 기분 때문인지 맛 때문인지 모르겠다. 그냥 빨리 집에 가고 싶었다. 내가 깨작거리자 아빠가 내 얼굴을 살폈다.

"그만 갈까?"

나는 고개를 끄덕였다. 복잡한 시장 골목을 빠져나왔다. 숨통이 조금 트이는 것 같았다.

집에 도착하자마자 내 방으로 들어가 침대에 벌렁 누웠다. 천장에 얄미운 민호의 얼굴이 둥둥 떠다녔다. 나는 허공에 대고 두 주먹으로 펀치를 날렸다.

아빠가 문을 열고 들어왔다. 나는 이불을 머리끝까지 뒤집어쓰고 자는 척했다. 그러자 아빠가 조용히 문을 닫고 나갔다.

"아들, 오늘 시장에서 민호 만났다며?"

엄마가 침대에 걸터앉으면서 말했다.

"아빠가 그래?"

"아빠가 너 기분 별로인 거 같다면서 걱정하던데?"

"그런 거 아니야……."

내가 말끝을 흐리자 엄마가 고개를 갸우뚱했다. 하지만 더는 묻지 않았다. 꼬치꼬치 물었어도 딱 부러지게 할 말이 없었다. 나도 내 기분을 잘 모르겠다. 그냥 짜증이 좀 난 것 같은데 대상이 나인지, 아빠인지, 민호인지도 불확실했다.

급식 시간이었다. 민호가 내 쪽을 흘깃흘깃 바라보면서 옆자리 친구에게 귓속말했다. 둘이 키득거리는 모습이 눈에 거슬렸다. 나는 밥을 먹는 둥 마는 둥 하고 교실로 갔다. 민호가 내 뒤를 따라왔다.

내가 교실로 들어가려는 순간, 민호가 내 뒤통수에 대고 비아냥거리듯 한마디 툭 내뱉었다.

"너희 아빠 백수냐?"

"뭐?"

"어제는 시장에서, 지난번에는 학원 차 기다리다가 봤거든. 아파트 놀이터에서 너랑 캐치볼하는 거!"

"그게 뭐? 우리 아빠 백수 아니거든!"

"그럼 어디 다니는데?"

갑자기 머리가 하얘졌다. 아빠는 백수가 아니다. 그렇다고 다른 아빠들처럼 회사에 다니거나 밖에 나가 일을 하지는 않는다. 머릿속이 복잡해졌다. 내가 머뭇머뭇하자 민호가 다그쳤다.

"그거 봐. 백수 맞네!"

"아니라니까! 죽을래?"

주먹 쥔 손을 들어올리자 민호가 움찔하며 뒷걸음질치다 도망갔다.

화가 치밀었다. 아빠는 백수가 아닌데, 전업주부인데……. 말문이 막혀 바로 대답하지 못한 게 분했다. 수업 시간에도 집중이 안 됐다. 민호의 뒤통수만 뚫어져라 쩌려봤다.

초인종을 누르자 아빠가 현관문을 열었다. 앞치마를 두른 아빠의 모습을 보자 짜증이 났다.

"호겸아, 학교 잘 다녀왔어?"

"몰라. 비켜!"

아빠를 밀치고 내 방으로 들어갔다. 책가방을 바닥에 내팽개쳤다. 픽 소리가 났다. 아빠가 방문을 열었다.

"호겸아, 거실로 나와 봐. 아빠가 할 말 있어."

아빠가 무뚝뚝하게 말하자 조금 겁이 났다. 평소에는 화를 잘 안 내지만 한번 화가 나면 무서웠기 때문이다. 나는 조마조마한 마음으로 따라 나갔다. 거실 식탁에 아빠와 마주 앉았다. 아빠가 한동안 말 없이 나만 바라봤다. 나는 아빠의 눈길을 피해 고개를 숙였다.

"어제부터 좀 이상했는데, 솔직하게 말해 봐. 무슨 문제 있어?"

나는 입술을 삐죽이며 머뭇머뭇하다가 입을 열었다.

"민호가 아빠 보고 백수라고 했어……."

나도 모르게 눈물이 났다. 나는 주먹으로 쓱, 하고 눈물을 닦았다. 몇 초 동안 차가운 정적이 흘렀다. 몇 초가 몇 분 같았다.

"그래서 넌 뭐라고 했는데?"

"아무 말도 못했어. 그게 더 화가 나."

"아빠가 다른 아빠들처럼 회사에 다녔으면 좋겠어?"

"아니, 지금처럼 집에 있는 게 좋아…….."

"그럼 됐어! 다른 사람 말은 신경쓰지 마. 알았지?"

아빠가 나를 꼭 안아주었다. 아빠의 따뜻한 품이 느껴지자 눈물이 더 났다. 콧물까지 줄줄 흘렀다. 창피했다.

내 방으로 들어가 책상 앞에 앉았다. 연습장을 꺼내 두 칸짜리 표를 그렸다. 그다음 '아빠가 전업주부였을 때 장단점'을 떠올려 보았다.

연필 뚜껑을 잘근잘근 씹으며 적어 놓은 표를 봤다. 단점보다 장

장점	단점
① 음식을 엄마보다 잘한다. (요리사 자격증도 있음.) 인정!!	① 아빠가 백수라고 친구가 놀린다. (비겁한 민호 자식!) ☹
② 같은 남자로서 고민을 잘 들어준다. ☺	② 군대처럼 규칙적인 생활을 강요할 때가 있다. (ㅠㅠ)
③ 주말이 아닐 때도 자전거 타기나 캐치볼을 함께 할 수 있다. (엄마는 운동x.) ☺	③ 나를 너무 잘 안다. (괜히 진 느낌.) ☹
④ 정리정돈, 청소, 빨래를 깔끔하게 잘한다. (운동화는 완전 새것 같음.) 굿!!!	
⑤ 숙제할 때, 엄마는 확인만 하는데, 아빠는 잘 가르쳐 준다. (특히 수학!!) 인정!!	
⑥ 장 볼 때, 무거운 짐을 가볍게 든다. (떡볶이도 사 줌.) 짱!!	

불평등을 수거해 드립니다

점이 많았다. 이렇게 장점이 많은 아빠한테 쪼잔하게 군 내가 어리석었다. 내 머리를 한 대 쥐어박았다.

"작년에 마을 축제 갔던 거 기억나니?"

"응. 올해도 가게? 시장에 걸린 현수막 봤어."

"이번엔 아빠가 노래자랑에 참가하려고."

"진짜? 난 찬성!"

나는 두 주먹 불끈 쥐고 "파이팅!"을 외쳤다. 아빠가 내 머리카락을 헝클어뜨리며 껄껄껄 웃었다.

아빠는 시간 날 때마다 노래방에 가서 연습했다. 아빠가 저녁 먹고 노래방에 간 사이 나는 엄마랑 플래카드를 준비하기로 했다.

"엄마, 플래카드 문구 뭐로 할까?"

"'평화동의 명가수 민준기!' 어때?"

"그건 좀 흔하잖아. 눈에 확 띄는 거 없을까?"

나는 입술을 잘근잘근 깨물었다. 이내 좋은 생각이 떠올랐다.

"엄마, '아빠는 주부 백 단 가수왕!' 어때?"

"어? 좋다!"

엄마가 엄지척을 했다. 내가 배시시 웃자 엄마가 미소를 지으며 차분한 목소리로 말했다.

"민호 얘기 들었어. 속상했지? 엄마가 쫓아가서 혼내 줄까?"

"아니. 민호 녀석이 또 허튼소리 하면 이번엔 자신 있게 말할 거야. 우리 아빠 직업은 전업주부라고!"

"아빠가 회사를 그만두고 전업주부가 된 건 우리 가족을 위해서야. 특히 호겸이를 위해서. 아빠는 어렸을 때 추억이 많지 않대. 할아버지가 일찍 돌아가셨잖아. 그래서 호겸이에게는 좋은 추억을 많이 만들어 주고 싶다고 했어. 그리고 호겸이도 알지? 요리도 집안일도 엄마보다 아빠가 더 잘하는 거."

"알지. 엄마는 다 좋은데, 요리는 꽝이잖아!"

"너, 엄마 요리 못한다고 대놓고 말하기야?"

"그게 팩트잖아. 히히히."

엄마가 내 겨드랑이를 간질이며 장난쳤다. 나도 질세라 간지럼을 태웠다. 엄마가 자지러지게 웃으면서 몸을 피했다.

노래자랑이 시작되었다. 우리는 아빠 차례가 오기를 숨죽여 기다렸다. 앞에서 노래를 부른 참가자들도 실력이 좋았지만, 우리 아빠도 만만치 않다.

드디어 아빠 차례다. 아빠는 앞치마에, 고무장갑을 끼고 등장했다. 게다가 우스꽝스럽게 프라이팬까지 들고 나왔다. 사회자가 자기소개를 시켰다. 아빠는 조금 긴장한 듯했다.

"아, 안녕하십니까? 평화동에서 온 구 년 차 전업주부 민준기입니다."

"하하하. 구 년 차 전업주부라고요? 복장을 보니 맞네요, 맞아!"

관객석에서 박수와 함께 함성이 터져 나왔다. 나는 엄마랑 플래카드를 들고 벌떡 일어서서 소리를 질렀다. 아빠가 우리를 보았는지 프라이팬을 높이 들고 흔들었다.

"남자가 전업주부로 일하면서 애로 사항이 있을 것 같은데요?"

"아닙니다. 제가 우리 아들과 많은 시간을 보내고 싶어 원했던 일이라 즐겁습니다. 남자가 전업주부라고 하면 삐딱한 시선으로 보는 사람들도 있더군요. 하지만 다른 사람의 시선은 중요하지 않습니다. 우리 아들이 아빠가 전업주부라는 것을 친구들에게 당당히 밝힐 수 있다면 그것으로 만족합니다. 그럴 수 있지, 아들?"

나는 플래카드를 더 힘껏 흔들며 "네!"하고 소리쳤다. 아빠의 진심이 통했는지 관객들도 와! 함성을 질렀다.

아빠는 그동안 열심히 준비한 만큼 신나게 프라이팬을 흔들며 노래했다. 율동에 너무 신경 쓴 나머지 고음에서 살짝 음 이탈이 일어났다. 그래도 괜찮았다. 사람들 앞에 당당하게 선 아빠가 자랑스러웠다.

아빠 차례가 끝나자 긴장이 풀린 탓인지 오줌이 마려웠다.

"엄마, 나 화장실 갔다 올게."

"혼자 갈 수 있겠어?"

나는 고개를 끄덕였다. 이동식 화장실 앞에는 한 줄로 사람들이 서 있었다. 차례를 기다리고 있는데 누군가 내 어깨를 가볍게 쳤다.

뒤를 돌아봤다. 민호였다. 나는 인상을 팍 쓰며 짜증 섞인 목소리로 "왜?" 하고 말했다. 그러자 민호가 멋쩍은 듯 머리를 긁적였다.

"너희 아빠 멋지더라."

나는 민호의 말에 조금 당황했다. 민호가 내 표정을 살피더니 말을 이었다.

"그때 일은 내가 사과할게. 엄마한테 말했다가 엄청 혼났어. 사실은, 부러워서 그랬어. 네가 아빠랑 캐치볼도 하고 자전거도 타면서 노는 모습을 여러 번 봤거든. 괜히 심술이 났어. 우리 아빠는 주말에만 볼 수 있는데, 나랑 놀아 주기는커녕 맨날 쿨쿨 잠만 자거든⋯⋯."

민호의 풀죽은 모습을 보면 기분이 좋을 줄 알았다. 그런데 그렇지 않았다. 민호의 축 처진 어깨가 안쓰럽게 여겨졌다. 나는 손을 들어올려 손바닥을 펴 보이며 말했다.

"다음엔 같이 캐치볼하자, 어때?"

민호가 어리둥절한 표정을 지으며 눈을 끔벅끔벅했다. 내가 손바닥을 마주치는 시늉을 하자 그제야 알았다는 듯 하이파이브를 했다. 피식 웃음이 나왔다. 민호 녀석, 은근히 귀여운 데가 있었다. 앞으로 친해질 것 같은 불길한 예감이 들었다.

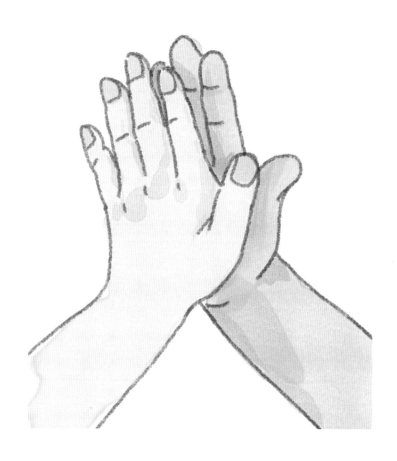

● 읽기 전에 생각해 볼 거리

1. 남자 혹은 여자라는 이유로 불편한 시선을 받아본 적 있나요?

2. 여자라서, 또는 남자라서 하기 어려운 일이 있을까요?

용감한 오! 기사

용감한 오! 기사

"야, 김 봄! 나 어제 너희 엄마 버스 탔다."

"뭐? 얘네 엄마 버스 운전해? 대박!"

"몰랐냐? 시내 가는 버스 타면 만날 수 있을걸?"

"뭐래. 밥풀 튀니까 그만 말하고 먹기나 해."

급식을 먹다 말고 현우는 침을 튀기며 이야기했다. 나는 그런 현
우가 못마땅했다. 아니, 현우가 못마땅하기보다는 엄마가 못마땅했
다. 그렇다. 우리 엄마는 시내버스 기사이다.

엄마는 내가 3학년이 되자 뭐라도 해야겠다면서 운전 학원에 등
록했다. 엄마에게 면허가 없었냐고? 그건 아니다. 엄마는 사고 한번

안 낼 정도로 운전을 잘한다. 하지만 이번은 그냥 운전이 아니라 버스 운전을 하고 싶다고 했다. 그렇게 엄마는 대형면허를 땄고, 시내버스 운전을 하는 동네 아줌마 남편에게 소개받아 버스 기사가 되었다. 엄마가 버스 기사를 한다는 걸 할머니가 아셨을 때는 난리가 아니었다.

"남편이 벌어다 주는 거나 편안히 먹고살지 여자가 무슨 버스 운전이야!"

할머니는 동네가 떠나갈 듯 소리를 질렀다. 하지만 엄마는 할머니의 기세에 전혀 기죽지 않은 표정으로 담담히 말했다.

"서울에선 여자 버스 기사 많대. 요즘 중장비 운전하는 여자들도 많고 ……."

"어휴, 여자가 집에서 애들 키우고 살림이나 제대로 할 것이지…… 남부끄러워 못 살겠다! 당장 그만둬!"

"징하다. 그놈의 여자 타령! 나 신경 쓰지 말고, 엄만 오황제나 챙기세요."

오황제. 이름부터가 남다른 이분은 나의 막내 삼촌이시다. 엄마는 1남 4녀 중에 셋째로 이름이 오징해이다. 오징어가 아니고 오징해. 그 뜻은 '징그럽다. 딸 좀 그만 낳고 아들을 낳자'라는 뜻인데 엄마 여자 형제들은 다 이런 식의 이름이다. 첫째 이모는 오득남. 아들을 낳고 싶다는 소망에 할아버지가 직접 지은 이름이었고, 둘째 이모는 오도아. 사실 이모의 진짜 이름은 '오또야'였는데 성인이 되자마자 도아로 개명했다고 한다. 당시 소영이나 연희 같은 이름으로 개명하려고 했으나 엄하신 할아버지가 무서워서 가장 비슷하지만 촌스럽지 않은 이름을 골랐다고 했다. 그리고 셋째는 우리 엄마 오징해. 넷째 이모는 오고만. 드디어 다섯 번 만에 오황제, 삼촌이 태어나면서 아들을 위한 가족이 완성되었다. 이름에서부터 냄새가 풍겨오듯 이 가족은 오황제 삼촌을 중심으로 살아간다고 해도 과언이 아니다.

엄마는 여자라는 이유로 학교도 제대로 다니지 못하고 고생을 많이 했다고 했다. 결혼해서 집을 나오기 전까지 황제 삼촌 밥을 차려주고 살림을 했다는 엄마는 "그때는 시대가 그랬어."라며 아무렇지 않은 듯 과거를 회상하지만 내 이름이 '봄'인 것을 보면 엄마도 좀 다르게 살고 싶지 않았나 하는 생각도 든다. 그래서 처음에는 엄마가 좋아하는 일을 한다는 이야기를 듣고 나는 응원했다. 엄마가 하는 버스 도로 실습을 따라갔을 때도 엄마만한 핸들을 이리저리 돌리며 운전하는 모습이 멋있어 보였다. 하지만 그 생각은 단 삼십 분만에 '못마땅'으로 바뀌었다.

그날 엄마는 마지막 실습 날이라며 엄마의 멋진 모습을 나에게 보여주고 싶다고 했다. 그런 엄마의 모습이 보기 좋아서 나도 기분

오득남   오도야   오정해   오고만   오황제

(또야)

좋게 따라 버스를 탔다. 내 자리는 엄마의 운전석 바로 뒷자리. 코스를 다 돌지는 않지만 실제로 운행하는 버스 노선을 따라다녔다. 손님도 태웠다. 사람들은 버스를 타면서 기사가 여자라고 신기한 듯 쳐다보며 수군거렸다. 그중 한 아저씨는 버스를 타며 엄마를 보더니 놀라는 눈치였다.

"어? 기사가 여자네?"

아빠보다 나이가 많아 보이는 아저씨는 자리에 앉지도 않고 운전석 옆에 기대서 엄마에게 계속 말을 걸었다.

"아줌마, 남편은 있나?"

"그럼요. 예쁜 딸도 있는데요."

"아니, 그럼 오지랖 넓게 뭐 한다고 여자가 큰 버스를 운전하고 그런데?"

"제가 오지랖 넓은 거 어떻게 아셨대요? 하하."

우리 엄마는 집에서도 오지랖 대장이다. 이 일 저 일에 관심도 많고, 남의 일에 나서기도 잘한다. 그래서 아빠는 엄마에게 오징해 이름 값한다고 했다.

"뭐 뻔하지. 여자가 나와서 버스 운전하는 것 보면…."

아저씨는 엄마를 아래위로 훑어보며 기분 나쁘게 피식 웃었다. 그 눈길에 나는 얼굴이 찌푸려졌다.

"시집 잘못 갔고 만?"

아저씨의 막말이 계속되자 옆에서 가르쳐 주던 기사분이 나섰다.

"잘 못 가긴요. 남편분께서 복 받으신 거죠. 운전 방해하지 마시고 자리로 가서 앉으세요."

이상한 아저씨를 그렇게 뒷자리로 보낸 아저씨는 엄마에게 원래 버스 운전하다 보면 별사람이 다 있다고 말을 건넸다. 이런 상황에도 엄마는 여전히 웃으며 괜찮다고 했다. 하지만 나는 괜찮지 않았다. 버스 운전하는 게 뭐라고, 왜 엄마가 이런 소리를 들어야 하는 거지? 엄마에게 안 어울려. 친구들이 알면 어떻게 생각할까? 여러 가지 생각이 꼬리에 꼬리를 물자 짜증이 났다.

"봄아. 이제 엄마 실습 다 끝났어. 맛있는 거 먹으러 가자."

"싫어. 그냥 집에 가."

그제 서야 엄마는 내 표정이 밝지 않다는 것을 알았는지 집에 가는 길에도 내 눈치만 살폈다.

"봄아. 오늘 일은 아빠에게 말하지 말자. 아빠 알면 괜히 속상하잖아."

"그럼 하지 마! 버스 운전 안 하면 되잖아!"

그날 저녁 나는 엄마의 바람을 무시하고 낮에 있었던 일에 내 감정까지 더해 아빠에게 말했고, 아빠는 엄마가 운전하는 게 불안하다며 하지 말라고 말렸다. 하지만 엄마는 이미 채용이 됐다며 해야 한다고 고집을 부렸다. 급기야 아빠는 이혼하자는 말까지 하며 엄마에게 협박했지만, 엄마는 입을 다문 채 방에 들어가 버렸다. 그렇게 우리 엄마는 우리 동네 하나뿐인 여성 버스 운전기사로 자리 잡았다.

"봄아, 우리 이번 주 일요일에 시내 갈래?"

내 책상 앞에 쪼그려 앉은 지우가 눈을 반짝이며 말했다.

"시내? 왜?"

"왜긴, 놀러 가는 거지. 애견카페도 가고, 오락실도 가자. 어때?"

"좋아!"

친구들끼리 시내로 놀러 가는 건 말만 들어도 신난다. 거기에 애견카페와 오락실이라니! 완벽했다.

"맞다. 시내에 맛있는 디저트 가게 생겼대. 우리 거기도 가자."

지우가 디저트라는 말을 꺼내자 떨어져 있던 서진이가 자석처럼 우리에게 붙었다.

"어, 나도 그 디저트 가게 얘기 들었어. 진짜 맛있다며?"

"응! 거기 케이크에 딸기도 듬뿍 들어있고 크림이 살살 녹는대."

"나도 갈래."

서진이는 볼펜을 불끈 쥐며 디저트를 향한 굳은 의지를 보였다.

"그래! 같이 가자."

"근데 우리 어떻게 가지?"

"버스 타고 가면 되지."

당연한 듯 말하는 지우에게 나는 고개를 끄덕였지만, 마음이 찜찜했다. 나도 버스 타고 가면 되는 것쯤은 알고 있다. 하지만 왠지 모르게 엄마 버스를 탈 것 같다는 불길한 느낌이 들었다.

"어머! 봄아, 어디가?"

우리가 버스에 올라타자 나를 본 엄마가 말을 걸었다. 나는 엄마의 시선을 피하며 대답했다.

"시내에 가려고…."

"어머니, 안녕하세요?"

"어, 봄이 친구들이구나! 반가워."

친구들은 엄마와 처음 만났지만 이미 버스 운전하는 걸 알아서 그런지 꾸벅 인사를 했다. 나는 재빨리 자리를 찾아 안으로 들어갔다. 그리고 엄마와 제일 멀리 떨어진 뒷자리에 앉았다. 지우는 나를 따라 옆에 앉으며 속닥거렸다.

"김 봄, 너희 엄마 멋있다."

"난 좀……."

나는 창피하다는 말을 하려다가 말끝을 흐렸다. 지우 엄마처럼 미술학원 선생님이거나 서진 엄마처럼 학교 끝나고 집에 돌아오면 맞아주는 엄마였으면 좋으련만….

버스는 복잡한 내 마음도 모르는 듯 잘 달렸다. 목적지에 도착하기 전 친구들과 디저트 가게에서 뭘 먹을지 검색하며 시간을 보내고 있을 때였다.

"저기 불났나 봐요! 연기 좀 봐요!"

한 아저씨가 손가락을 가리키며 말한 곳을 보니 한 건물에서 새까만 연기가 올라오고 있었다.

"일요일이라 가게에 아무도 없나? 신고해야 하는 거 아니에요?"

버스에 있던 승객들이 창가에서 상가 건물 쪽을 바라보며 웅성거리고 있었다. 그때 한 할머니가 상가에서 뛰쳐나왔다.

"어머! 사람이 있었나 봐요! 어떡해…."

할머니는 신발도 신지 않은 채 상가 앞에서 "불이야!"하고 소리쳤다. 하지만 주말이라 그런지 주변엔 사람이 없었다. 엄마는 연기가 나는 건물 가까운 길가에 버스를 세웠다.

"여러분, 잠시만 멈출게요. 버스 안에 소화기가 있으니 도와주고 가면 좋겠는데, 그래도 될까요?"

"그래요!"

"그렇게 합시다."

엄마의 말에 사람들이 찬성하자 버스 뒤편으로 오더니 의자 아래 있던 소화기를 꺼내 들었다.

"봄아, 119에 신고해. 친구는 주소 검색해서 봄이 알려주고."

나는 엄마 말대로 119에 신고했다. 그사이 엄마가 현장으로 달려

가는 모습이 보였다.

퍼-펑!

무언가 터지는 큰 소리에 사람들은 놀라 소리를 질렀다. 거센 불길에 상가 유리창이 깨진 것이다. 가장 가까이에 있던 엄마가 길에 주저앉는 모습이 보였다.

"엄마!"

나는 놀라고 걱정되는 마음에 버스에서 내려 엄마에게 뛰어갔다.

"봄아! 엄마 괜찮아. 가까이 오지 마! 위험해!"

엄마는 일어서며 내게 떨어지라는 손짓을 보냈다. 그리고 바로
깨진 유리창 안에서 치솟는 불길에 소화기를 뿌렸다. 그러기를 20초
쯤 지났을까. 엄마는 소화기를 바닥에 내려놓고 차도로 나갔다.

나는 엄마에게 다가갔다.

"엄마, 왜 그래?"

"소화기 약품이 다 떨어졌는지 안 나와. 지나가는 버스라도 붙잡아서 소화기 좀 빌려야겠다."

"엄마가 왜! 아저씨, 아줌마들 다 가만히 있는데 엄마가 왜!"

나는 속상한 마음에 소리를 지르며 붙잡았다. 엄마보다 힘이 셀 것 같은 아저씨들도 뒤에서 지켜보기만 하는데 덩치도 작은 엄마가 왜 나서야 하는지 이해 안 됐다.

"왜긴, 아저씨고 아줌마고, 할 수 있는 사람이 해야지."

엄마는 내 손을 뿌리치고 차도에 뛰어들 듯하며 버스를 붙잡았
다. 그리고 버스에 있던 다른 소화기를 빌려 망설임 없이 상가에 더
가까이 다가갔다. 시뻘건 불길은 여전히 무서운 기세로 엄마를 향해
덤벼들었다. 하지만 엄마는 겁내지 않고 하얀 약품을 세차게 뿌려 댔

다. 그렇게 엄마가 두 번째 소화기를 비워갈 때쯤 구급차와 소방차가 현장에 도착했다. 그제 서야 엄마는 버스 앞에서 발을 동동 구르는 내게 다가왔다. 엄마의 옷과 피부는 검은 연기로 그을려 있었고, 뺨에는 피가 흐르고 있었다.

"엄마, 피 나……."

"응?"

엄마도 몰랐다는 듯 손으로 만지더니 얼굴을 찡그렸다. 유리창이 깨지면서 얼굴에 상처가 난 듯했다. 나는 눈물이 쏟아졌다.

"엄마, 다쳤잖아! 그러니까 내가 버스 기사 하지 말라고 했잖아!"

속상한 마음에 엄마에게 화를 내며 울었다. 엄마는 내 머리를 쓰다듬으며 웃음을 지어 보였다.

"괜찮아. 괜찮아."

화재는 무사히 진압되었다.

"골든타임 내에 신속히 소화기 사용을 한 덕분에 불이 크게 번지지 않았네요."

소방관 아저씨는 말했다. 상가에서 나왔던 할머니는 엄마의 손을 꼭 잡으며 고맙다고 몇 번이나 인사를 했다. 그 모습을 지켜보던 버스 승객들도 엄마를 향해 손뼉을 쳤다. 박수 소리에 엄마는 환하게 웃었지만 나는 웃을 수 없었다. 그동안 엄마를 창피하다고 생각했던 내 마음이 부끄러워졌기 때문이다.

그 사건 이후 엄마는 우리 동네에서는 유명 인사가 되어 있었다.
일주일 후 시장님이 버스 회사로 찾아와 상가 화재를 막은 엄마
에게 '시민 영웅 버스 기사'라는 감사패를 주었다. 신문 기사엔 '대형
화재를 막은 용감한 오! 기사'라는 제목으로 엄마 사진이 크게 실렸
다. 기사에 따르면 불이 났던 상가 주변에 주유소가 있었는데, 그때
지나가는 사람도 없어서 자칫 대형 화재사고가 될 수도 있던 것을 엄

마의 빠른 대처로 큰 피해 없이 막을 수 있었다고 했다. 그리고 엄마 덕분에 학교에서 나 역시 유명해졌다.

"너희 엄마 신문에 나왔다며?"

"용감한 버스 기사라고 텔레비전 뉴스에도 나오셨던데?"

"야, 이제 네 엄마, 스타 되셨다!"

"아줌마 진짜 멋있었어. 나랑 서진이가 그 현장에 있었잖아."

급식을 먹다 말고 침을 튀기며 이야기하는 지우와 친구들을 보자 흐뭇한 웃음이 나왔다.

오늘은 할머니와 함께 저녁을 먹기로 했다. 어쩐 일인지 할머니가 엄마에게 먼저 연락해서 저녁을 사주신다고 했다. 그리고 이건 비밀인데 나는 엄마 몰래 아빠와 축하 케이크를 준비했다. 세상에서 가장 멋진 오기사를 위하여!

● 읽기 전에 생각해 볼 거리

1. 남자 혹은 여자라서 포기한 일이 있나요?

2. 포기한 일을 다시 도전할 때 필요한 것이 무엇일까요?

수영 선수 에리얼

수영 선수 에리얼

바다의 왕 '트라이튼'의 사랑스러운 막내딸 인어 에리얼 공주와
에릭 왕자는 성대한 결혼식을 올렸어. 나쁜 마녀를 물리친 에리얼은
아름다운 목소리와 다리를 얻어 인간 세상에 올라왔어. 에릭 왕자는
자기를 구해 준 에리얼의 아름다움에 푹 빠져 결혼했지. 둘은 임금님
과 백성들의 축하를 받으며 결혼생활을 시작했어. 임금님은 둘 만의
신혼생활을 허락하며 따로 살게 해 줬어. 에리얼과 에릭은 아들딸 낳
고 행복하게 사는 듯 했어.

그런데, 에릭은 정말 왕자였어. 왕자병에 걸린 왕자 말이야.

자기가 제일 멋있고, 제일 똑똑하고, 자기가 제일이어야 직성이
풀리는 사람이었지 뭐야. 그리고 파티를 아주 좋아하는 사람이었어.

매일 파티를 열어 사람들의 시선을 받으며, 존재감을 드러내는 것을 좋아했어. 에리얼이 에릭을 처음 본 것도 파티가 한창이었던 배였으니 에릭이 파티에 얼마나 진심인지 알겠지? 그래서 에리얼은 독박 육아에 매일 열리는 파티 준비를 하느라 눈코 뜰 새가 없었어.

"에릭, 파티를 하려면 요리와 설거지 좀 도와주세요."

"왕자 체면이 있지, 그건 못 해요."

"그럼, 아이들과 놀아주고, 책도 읽어주면서 교육에 신경 좀 써줘요."

"그건, 엄마 몫이지요."

에릭은 자기 좋을 대로만 생각했어. 바다 식구들의 반대를 무릅쓰고 행복하게 잘 살겠노라 큰 소리 뻥뻥치며 결혼했는데 에릭이 이렇게 권위적인 사람일 줄 몰랐던 거지.

에리얼은 화가 나서 집을 나왔어. 이럴 때는 친구를 만나 수다 떠는 것만큼 스트레스가 풀리는 것도 없지만 그럴 친구도 없어서 슬펐어.

백설공주는 유기농으로 사과를 재배하면서 애플농원의 주인이 되었다지. 많은 일꾼들과 함께 열심히 일하면서 전 세계 사람들에게 자신의 사과를 먹일 계획이라는 이야기가 들렸어.

신데렐라는 바퀴벌레와 쥐를 박멸하는 크린청소 회사를 만들어서 자신의 특기인 청소를 하면서 즐겁게 살고 있다고 하고, 쟈스민

공주는 알라딘과 함께 세계 여행을 하며 새로운 문명을 경험하고 있다는 이야기를 들었지. 에리얼은 자신이 한심해 보였어.

힘없이 거리를 돌아다니며 여기저기 구경하는데 눈길을 사로잡는 광고가 있었어.

에리얼은 갑자기 심장이 뛰기 시작했어.

그동안 잊고 살았는데 바다가 고향이니 수영이라면 누구에게도 지지 않을 자신이 있었거든. 에리얼은 광고지를 가지고 집으로 왔어.

"에릭, 이것 좀 보세요. 바다수영대회가 열린다네요."

"그래서요?"

"저도 나가고 싶어요. 저 수영 잘하는 거 아시잖아요. 상금도 금 10돈이에요. 내일부터 당장 연습을 해야겠어요."

"뭐라고요? 그럼, 내 파티 준비랑 아이들은 어떻게 하라고요?"

"당신이 도와주면 되잖아요. 난 꼭 나가야겠어요."

에리얼은 바다의 세바스찬을 불렀어. 수영 코치를 맡아달라고 부탁했지.

"공주님, 저는 왕의 비서이자 왕실 작곡가예요."

"수영 연습을 해야 하는데 어떻게 하지?"

"수영을 하시려거든 꼬마물고기 플라운더를 부르세요. 두 사람을

이어주려고 이리저리 다니면서 베테랑 수영 선수가 되었거든요."

"플라운더가 있었지. 그럼, 같이 도와주면 되겠네."

다음날부터 에리얼은 수영을 연습했어. 연습하는 동안 세바스찬은 지치지 않게 노래를 불러줬고, 플라운더는 발차기와 숨쉬기, 속도와 체력을 체크하면서 수영 연습을 도왔어. 바다에서 태어나고 자랐지만 인간 세상에 오래 살다 보니 수영 실력이 예전 같진 않았어. 예전 실력을 찾는 데 많은 연습과 시간이 필요했지만, 차가운 물살을 가르며 쭉쭉 앞으로 나가는 기분은 정말 최고였어.

"공주님께 수영을 가르쳐 드릴 날이 올 줄은 꿈에도 몰랐네요. 바닷속에서 공주님은 어찌나 빠른지 고래 장군도 공주님을 따라가기 힘들어 했잖아요."

에리얼에게 한창 수영을 가르치던 플라운더가 꼬리를 흔들며 말했어.

"그랬었지."

에리얼이 멋쩍게 웃었어.

에릭은 죽을 맛이었어. 파티는 점점 엉망이 되어갔고, 설거지거리는 산더미처럼 쌓여갔어. 아이들은 얼마나 뛰어다니는지 쫓아다니다 보면 정신이 쏙 빠졌어. 수영 연습을 하고 돌아온 에리얼에게 에릭은 버럭 화를 내면서 수영을 당장 그만두고 집안일에나 신경 쓰라고 했어. 남편과 아이들을 돌보지 않고 수영에만 신경 쓰는 에리얼이 못마땅했던 거야. 하지만 에리얼은 포기하고 싶지 않았어.

'여자면 어때, 엄마면 어때, 나도 할 수 있다고.'

에리얼은 에릭에게 한 가지 제안을 했어.

"그럼 이렇게 해요. 당신과 내가 수영시합을 해서 내가 지면 수영을 포기하고 살림에 전념할게요. 하지만 내가 이긴다면 당신도 나를 인정하고 응원해 주세요."

"좋아요. 그렇게 합시다. 3일 후에 시합하기로 하죠."

에릭은 기분 좋게 승낙했어. 남자가 여자에게 절대 질 리 없다고 자신했기 때문이지. 둘의 시합 소식은 백성들에게도 관심거리였어. 남녀의 대결을 볼 수 있는 기회가 흔치 않았거든. 세바스찬과 플라운더도 바위 뒤에 숨어서 지켜보았어.

"해보나 마나 에릭 왕자가 이기지."

"결과는 두고 봐야지."

남자들은 당연히 에릭 왕자가 이길 거라면서 여자가 무슨 수영이냐고 했고, 여자들은 에리얼이 꼭 이겨서 남자들의 콧대를 꺾어주길 기대했어. 드디어 에리얼과 에릭의 수영시합이 열렸어. 백성들이 보는 앞에서 에릭은 아주 당당하게 입장했지. 남자들의 열렬한 박수를 받으면서 말이야. 에리얼은 다소 긴장된 모습으로 나왔어. 여자들의 간절한 기대의 눈빛을 받으면서 말이야.

"이제라도 포기해요. 망신당하고 싶지 않으면."

에릭이 인심 쓰듯 말했어.

"당신이 풍랑을 만나 바다에 빠졌을 때 내가 구해주었던 거 생각 안 나요? 난 자신 있으니까 당신이 포기하시든가요."

둘은 신경전을 펼치며 출발선 앞에 섰어.

준비!

탕!!

출발 신호와 함께 둘은 바다로 뛰어들었어. 바다 가운데 있는 바위를 돌아서 먼저 들어오는 사람이 이기는 거였어. 처음에는 에릭이 치고 나갔어. 힘차게 팔을 뻗고 나가면서 에릭은 뒤돌아보는 여유까지 부리며 비웃듯이 웃었어. 에리얼은 포기하지 않았어. 호흡을 가다듬고 팔다리를 힘차게 저으며 조금씩 에릭과의 거리를 좁히다 드디어 역전에 성공했지. 당황한 에릭이 힘을 내면서 둘은 엎치락 뒤치락하며 결승선을 향해 나아갔어. 시합을 보고 있던 백성들도 손에 땀을 쥐며 결과를 지켜보았지. 그래서 어떻게 되었냐고? 그야 에리얼이 이겼지.

"이길 줄 알았어, 야호!"

세바스찬과 플라운더는 손뼉을 치며 기뻐했어.

불평등을 수거해 드립니다

에릭은 백성들 앞에서 창피했지만 자신의 패배를 인정하지 않을 수 없었어. 많은 백성들이 지켜보고 있었거든. 그래서 에리얼과의 약속을 지키기로 했어. 에리얼은 수영대회 연습을 눈치 보지 않고 할 수 있었고, 에릭은 어쩔 수 없이 살림을 거들 수밖에 없었어. 그러면서 에릭은 에리얼이 얼마나 힘들었는지 알게 되었고, 미안한 마음도 생겼지.

바다수영대회

에릭은 에리얼을 위해 멋진 수영모와 수영복을 준비하고 아이들과 함께 응원 파티를 열었어. 이왕 나가는 것 꼭 일등을 하고 오라면서 말이야. 가족의 응원을 받은 에리얼은 정말 정말 행복했어.

바다수영대회에는 많은 사람들이 참가했어. 그 중 여자는 에리얼을 포함해서 몇몇 보이지 않았어. 에리얼은 여기 나온 여자들도 이 자리에 나올 때까지 여러 가지 어려움이 있었을 것이라고 생각했어. 여자들은 서로에게 눈빛으로 응원을 보냈어. '여자라고 무시했던 사람들에게 당당한 모습을 보입시다.'라는 응원을 말이야.

출발신호와 함께 사람들이 바다에 뛰어들었어. 모두 최선을 다해 바다를 가르며 나아갔어. 중간 정도가 되니 지친 사람들이 점점 뒤로 밀려 순위가 갈리기 시작했어. 에리얼은 선두권에서 덩치 좋은 남자와 경쟁했지. 절대 여자에게는 지지 않겠다고 큰소리치던 사람이었어. 에리얼과 남자가 아슬아슬한 승부를 펼치며 결승선에 도달할 쯤 남자가 욕심을 내며 속력을 내다가 다리에 쥐가 났지 뭐야. 그 바람에 간발의 차이로 에리얼이 일등으로 들어올 수 있었어. 실망과 환호가 교차하는 소리가 들렸어.

바다수영대회에서 여자가 일등을 한 적은 이번이 처음이었다지. 에리얼은 너무 기뻤어. 아이들은 엄마가 일등을 했다고 폴짝폴짝 뛰면서 좋아했고, 에릭도 진심으로 축하해 주었어.

몇 달 후, 이웃 나라에서 초대장이 왔어.

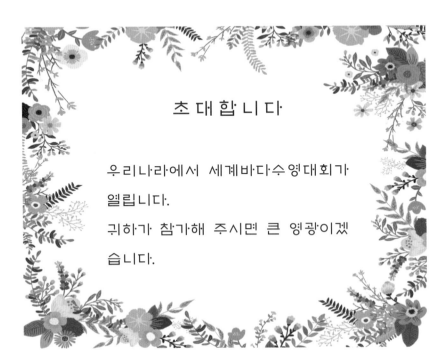

초대합니다

우리나라에서 세계바다수영대회가 열립니다.
귀하가 참가해 주시면 큰 영광이겠습니다.

불평등을 수거해 드립니다

내가 최고 수영왕
예 리 얼

에리얼은 기뻐하며 에릭에게 말했어.

그런데 에릭은 절대 가면 안 된다고 화를 내는 거야.

"에리얼, 바다수영대회 동안 당신 대신 요리와 설거지를 하느라 내 고운 손이 이렇게 엉망이 되었다오. 아이들은 또 얼마나 말썽을 부리는지 내 정신이 쑥 빠져나갔단 말이오. 당신과의 약속을 지키기 위해 바다수영대회를 허락했지만, 이웃 나라까지 가서 대회에 참가하는 것은 반대하오."

에릭은 에리얼이 수영을 포기하고 살림만 하면 안 되겠느냐고 했어. 바다에 나가 수영하는 것은 허락할 테니 수영 선수는 그만두라는 것이었어. 에리얼은 잠시 고민에 빠졌지만 수영대회에 꼭 참가하고 싶었어.

"에릭, 내가 해 오던 집안일을 당신이 못 할 것 없잖아요. 여자라는 울타리에 가두려는 사람들에게 여자도 무엇이든 잘 할 수 있다는 것을 보여주고 싶어요. 그리고 전 수영할 때 너무 행복해요."

에리얼은 에릭에게 대회에 참가하고 싶은 마음을 간절하게 호소했고, 에릭은 결국 허락했지.

세계바다수영대회

여러 나라에서 모인 선수들이 출발선 앞에 섰어.

여자 수영 선수가 아닌, 수영 선수 에리얼도 출발선 앞에 섰어. 당당한 모습으로.

나는 수영 선수 에리얼이야!

재미있는
양성평등 놀이터

그네를 타요.
둘이 함께 발을 구르면
푸른 하늘에 닿을 수 있지요.
높이 올라가면 무섭지 않냐고요?
함께하면 재미있어요.

경쟁도 놀이가 될 수
있어요.
마주 보며 오르락내리락
함께 호흡하는 시소.
서로가
즐거운 놀이지요.

불평등을 수거해 드립니다

함께하면 좋은 점 찾기

함께하면 어떤 점이 좋을까요?
혼자보다는 여럿이 모여 활동하면 좋은 점이 많아요.
대화를 통해 서로를 이해할 수 있고 놀이도 즐거워져요.
남자와 여자가 함께하면 좋은 점을 생각해 봅시다.

혼합 복식 경기를 할 수 있어요.

놀이를 통해 다름을
이해할 수 있어요.

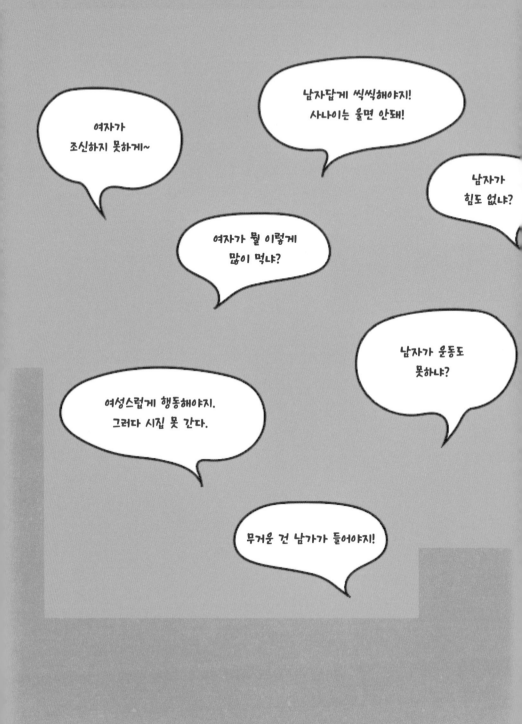

는 공부 못해도
쁘면 OK!!
지금 공부하면 결혼할 때
아내 외모가 달라져
여자는
좀 꾸며야지!
여자 목소리가
왜 이렇게 커!
여자가
꼼해야지!

성평등 마음을 알아보는 O.X

START

아빠는 엄마보다 아이를 잘 돌보지 못할 것이다.	남자와 여자는 집안일을 똑같이 해야 한다.	남자가 분홍색 옷을 입으면 이상하다.

O → (아빠는 엄마보다 → 남자와 여자는)
X (남자와 여자는 → 남자가 분홍색)

X (아빠는 엄마보다 ↓)
O (남자와 여자는 ↓)
O (남자와 여자는 ↙)
X (남자가 분홍색 ↓)

여자에게 어울리는 색, 남자에게 어울리는 색, 따로 있다.	무거운 물건은 당연히 남자가 들어야 한다.	남자, 여자 상관없이 모든 사람은 똑같은 기회와 권리가 있다

O → (여자에게 어울리는 색 → 무거운 물건은)
O ← (무거운 물건은 ← 남자, 여자 상관없이)

X (여자에게 어울리는 색 ↓)
X (무거운 물건은 ↓)
O (무거운 물건은 ↘)
X (남자, 여자 상관없이 ↓)

평등한 세상은 우리가 만들어가는 것이다.	행복한 세상이 되기 위해 노력하는 것에 나이는 상관없다.	외모를 꾸미는 것은 남자보다 여자에게 더 중요하다

O (평등한 세상은 ↓)
X (평등한 세상은 ↘)
O (행복한 세상이 ↓)
X (행복한 세상이 ↘)
O (외모를 꾸미는 것은 ↓)

성평등한 세상을 만들 준비가 되었습니다!	성평등한 생각 우리 조금만 더 노력해보아요.	이럴 수가!!! 성평등 공부가 많이 필요합니다.

평등한 세상에 대해서 생각나는 대로 적어보세요.

● 김 순 정 wehana1@hanmail.net
2015년 한국아동문학회 『아동문학예술』 동시 부문에 당선되면서 작품 활동을 시작하였다.
동시집 『거북이 서점』을 펴냈다. 현재 어린이와 청소년에게 독서토론논술을 지도하고 있으
며, 원광대학교에 출강하고 있다.

● 김 완 수 4topia@naver.com
2013년 농민신문 신춘문예에 시조가, 2015년 광남일보 신춘문예에 시가, 2021년 전북도
민일보 신춘문예에 소설이 당선됐다. 2016년 《푸른 동시 놀이터》에 동시가 추천 완료됐고,
2023년 제13회 천강문학상 아동문학 동시 우수상을 수상했다. 시집 『꿈꾸는 드러머』, 단편
동화집 『웃음 자판기』, 시조집 『테레제를 위하여』가 있다.

● 정 광 덕 san701120@hanmail.net
2012년 《아동문예문학상》 동시 부문에 당선되었다. 동시집 『초록 안테나』(공저), 『맑은
날』을 펴냈으며, 2021 올해의 좋은 동시집 선정(한국동시문학회), 2022년 아르코문학창작
기금(발표지원) 선정, 제34회 전북아동문학상을 받았다. 현재 어린이와 청소년에게 독서논
술을 지도하면서, 향기가 오래가는 좋은 작품을 쓰기 위해 노력하고 있다.

● 정 유 진 pipingry@naver.com
서울에서 사는 실을 바늘이 꿰어 전주에서 이야기를 짓고 있다. 2020년 그림책 『꼬마 도깨
비 설화』를 펴냈다. 2022 KB 창작 동화제, 2022 성평등 영상 및 글쓰기 공모전, 제22회 국
제 지구사랑 작품공모전에서 입상했다. 아동극 『꼬마 도깨비 설화』, 『쓰레기 올림픽』, 『나
답게 올림픽』 등 창작한 이야기를 공연으로 만들어 아이들을 만나고 있다.

● 윤 형 주 bluejoo3@daum.net
2016년 《대전일보》 신춘문예 동시 부문에 당선되었다. 동시집 『딱,2초만』을 펴냈으며,
2015 전북여성백일장 차상을 수상하였다. 2020 올해의 동시(동시마중), 2021 〈코로나19,
예술로 기록〉 지원 사업, 2022 안양 문학글판 창작시 공모에 선정되었다. 현재 아이들과 함
께 맑은 동심을 꿈꾸며 전주에서 살고 있다.